AF390825

LE JOLI PIED

suivi de
L'Honneur éclipsé
par l'amour

Écrit par
**Nicolas Edme Restif
de la Bretonne**

LE JOLI PIED

Dans une maison de Paris, dont une nouvelle précédente a fait l'histoire, il y avait une jeune personne de la plus aimable figure : c'était mademoiselle *Victoire De la Grange*. Elle avait seize ans, lorsqu'elle lit naître une passion aussi singulière que violente.

***

Un jeune Inconnu, qui n'était pas de la société qu'on admettait dans la maison, s'éprit pour Victoire, sans la connaître, et presque sans l'avoir vue. Il se nommait *De Saintepallaie*. C'était un jeune savant, plein de connaissances et de mérite, vivant seul et concentré, quoiqu'il n'eût que vingt-cinq ans, et se promenant presque toujours seul les soirs, après avoir donné la journée à l'étude. Saintepallaie avait des mœurs pures, avec des sens neufs et pleins d'énergie : il aimait beaucoup les femmes ; mais il les craignait et les fuyait, autant faute d'usage, que par sagesse. Il n'y avait peut-être pas d'homme au monde sur qui la beauté fit une impression plus vive ; une belle femme le ravissait ; mais il réfléchissait ensuite aux inconvénients de l'amour et d'une liaison ; il trouvait la force de fuir, sans doute, parce qu'il n'avait pas encore rencontré la femme qui devait le subjuguer.

Saintepallaie avait un goût particulier, et tous les charmes ne faisaient pas sur lui une égale impression : une jolie figure, et partout, hors en Espagne, une belle gorge a sou prix : une taille svelte et légère, une belle main flattait son goût : mais le charme auquel il était le plus sensible, celui qui lui causait ce frémissement involontaire et délicieux qui remue toutes les fibres, c'était un joli pied : rien dans la nature ne lui paraissait au-dessus de ce charme séduisant, qui semble en effet annoncer la délicatesse et la perfection de tous les autres appas. D'ailleurs, ce goût n'était pas dans le jeune Saintepallaie un effet du raisonnement ; c'était un instinct qui s'était manifesté dès son enfance : il ne pouvait, sans tressaillir, apercevoir une jolie chaussure de femme ; lorsqu'il en rencontrait quelques-unes qui n'étaient pas jolies, mais chaussées avec goût, il semblait que ce charme seul les rendit aimables.

Un soir d'été, il passait dans la rue *Dauphine* : une jolie marchande, dont le pied était mignon, et qui le savait à merveille, était assise sur sa porte, les jambes croisées et découvertes jusqu'au dessus de la cheville : elle montrait ainsi le bas d'une jambe fine, terminée par un pied chaussé en blanc, mais si petit, si bien fait, si propre, que les plus indifférents ne pouvaient s'empêcher de l'admirer. Saintepallaie en la voyant, resta immobile de surprise et d'émotion : cependant la réflexion l'ayant rendu honteux, il continua sa route : il ne fut pas à six maisons, qu'il revint : il repassa de la sorte, tant que le joli pied fut visible. La marchande rentra, et le joli pied disparut : mais Saintepallaie en avait été trop frappé pour l'oublier ; il revint tous les soirs, jusqu'à ce qu'un autre objet plus charmant encore l'attirât.

Un autre jour, sur les onze heures, il passait par la rue *Saint-Denis* : une jeune dame qui sortait de chez elle pour aller à l'église du *Sépulcre*, parut jolie à Saintepallaie : après un coup d'œil rapide donné au minois le plus séduisant, le jeune homme chercha des yeux l'appas favori. La nature s'était épuisée en faveur de madame Lev… : dans une jolie mule brodée en argent, était un petit pied qui paraissait celui d'une poupée : celle à laquelle il appartenait avait une marche légère et voluptueuse : Saintepallaie ébloui, enchanté, ravi, suivit la Déesse ; il ne put l'abandonner, mais enfin elle rentra chez elle. Il remarqua sa demeure, et ne manqua pas de revenir tous les jours pour voir ce pied vainqueur. Enchanté, sans être amoureux, il fit une pièce de vers que je n'ai pu me procurer : c'était une jolie parodie d'une ancienne Épître de M. *Arnauld au C. de M.*, qu'il envoya sans se nommer. Cette Épître fut mal reçue de la part d'un inconnu ; et Saintepallaie se sentit un peu refroidi.

Une autre fois ayant affaire pour une commission fort de son goût, chez un cordonnier de la rue des Vieux-Augustins, il y vit une chaussure si agréable, si bien faite, qu'il s'informa pour qui elle était ? On lui répondit que c'était pour la Marquise de M-gnl. Saintepallaie n'eut pas repos qu'il n'eût vu cette dame : il la trouva charmante, mais elle était mariée, et le jeune homme, naturellement vertueux, ne voulait s'attacher qu'à une personne qu'il pût épouser. Cependant, par une petite faiblesse humaine, il revint prier le cordonnier de lui faire un plaisir ; c'était de rendre la chaussure à la belle dame, et de la rapporter après qu'elle l'aurait essayée, sous prétexte de quelque chose à y faire. Saintepallaie l'accompagna en garçon, pour être sûr de l'inauguration de la jolie chaussure ; il la paya ensuite généreusement, et le cordonnier en refit une pareille. Saintepallaie conserva précieusement ces reliques.

Un soir, passant dans la rue de *l'Arbre-Sec*, il aperçut une jeune et jolie personne, à peu près dans la situation de la marchande de la rue Dauphine. C'était une mule qu'elle avait, et son joli pied passait absolument en dehors. Saintepallaie s'arrêta sur la porte d'à côté sans être vu : au bout de quelques minutes de contemplation, il passa pour voir la jolie personne : elle sommeillait, nonchalamment étendue sur sa chaise. Pour le coup, il fut tenté de s'emparer du séduisant bijou qui s'offrait à sa vue : Il avança la main adroitement, et tira la mule du joli pied ; il serra aussitôt ce trésor, et s'éloigna de quelques pas. La belle s'éveilla : elle chercha du pied la mule qui lui manquait, et, ne la trouvant pas, elle fit un petit cri de surprise et d'effroi. Elle appela sa maman.

— Qu'est-ce ?...
— On m'a pris...
— Quoi ?
— Ma mule.
— Qui ?
— Je ne sais.
— À votre pied ?
— Eh oui, maman Voilà une grande insolence !

La maman gronda sa fille, parce qu'enfin il fallait bien gronder quelqu'un. Le lendemain, Saintepallaie repassa dans la journée pour voir la belle : il la trouva charmante.

Si je l'épousais ? pensa-t-il : je ferais son bonheur, à ce qu'il me semble, en faisant le mien ? Elle me parait bien élevée, quoique d'une condition commune ; elle est pétrie de grâces. Voyons cela... Il réfléchit en effet tout le jour. Le soir, à la même heure que la veille, il revint dans le quartier, et s'approcha de la porte de la jeune beauté. Elle y vint un instant après, et s'assit, dans la même attitude que la veille.

— Mettez-vous là, Julien, dit-elle à un garçon de boutique ; nous verrons s'il reviendra.

Saintepallaie, qui s'était caché dans l'allée voisine, entendait ce discours. Au bout d'un moment, M. Julien répondit :

— Ce ne peut-être qu'un rival, mademoiselle Agathe : je ne trouve pas mauvais qu'on vous aime ; vous êtes si aimable, qu'on ne saurait s'en empêcher ; mais je tremble que celui qui a pris votre mule, n'ait été encouragé...

— Vous êtes un visionnaire, un jaloux ; quand je vous dis que je ne le connais pas, et que je ne l'ai jamais vu !... Je dormais à demi : j'ai bien senti quelque chose ; mais je n'allais pas imaginer...

— Il fallait donc crier tout de suite !

— Que savais-je, moi ? J'ai d'abord pensé que c'était le voisin.

— Ah ! Voilà ce que c'est !

— Que voulez-vous dire ? Vous cherchez à vous faire haïr, monsieur Julien !

— Promettez-moi de n'aimer jamais que moi !

— Je vous l'ai promis cent fois, et cela ne sert de rien !

— C'est que vous êtes si jolie, que rien ne me rassure tout à fait.

— Eh bien, je vous assure que je vous préférerais à un prince : êtes-vous content ?

— Oui, oui, belle Agathe !

— Ah ! Que je voudrais ravoir... Je saurai si c'est le voisin...

— Non, je vous assure ; c'est un inconnu.

En cet endroit de l'entretien, Saintepallaie sortit de l'allée et s'approcha des deux amants :

— Je ne veux pas troubler votre mutuelle tendresse, leur dit-il : c'est moi qui ai fait le petit larcin qui donne de la jalousie à M. Julien ; je lui remets ce bijou, belle Agathe. Si je n'avais pas appris votre amour, soyez persuadée que jamais je n'eusse renoncé aux sentiments que vous m'avez inspirés. Mais je me retire : ne soyez plus jaloux, monsieur Julien ; je n'ai jamais parlé à mademoiselle, qu'en ce moment. Je vous salue, et vous souhaite à tous deux le bonheur ! Il se retira, sans que les deux amants eussent la force de lui dire une parole. Au bout de quelques minutes, Julien, inquiet, alla voir dans l'allée, et, n'y trouvant personne, il en ferma la porte et revint auprès de sa maîtresse. Saintepallaie, qui avait prévu sa démarche, s'était caché : il rouvrit la porte dès que Julien fut sorti.

— C'est un fort aimable jeune homme ! disait Agathe.

— Oui mais il est bien hardi !

— Vous devez être content ! Ce n'est pas le voisin.

— Je crois que j'aimerais mieux que ce fût lui... Dieu veuille que celui-ci ne revienne plus !

— Ne craignez rien, monsieur Julien : je vous répète que je vous préférerais à un prince.

— Je compte sur votre parole, mademoiselle ; car vous m'êtes si chère, que j'en mourrais, s'il fallait renoncer à vous.

— Il était dans l'allée... Il nous a donc entendus !

— C'est un fin matois !

— Mais il faudra prendre garde comme nous parlerons à présent.

— Ah ! J'y aurai l'œil, à l'allée traîtresse !... C'est de là qu'il vous guettait hier, tenez ! En ce moment, on appela Julien. Saintepallaie, voyant Agathe seule, se rapprocha doucement :

— L'aimez-vous ? lui dit-il !

— Oui, monsieur.

— En ce cas, belle Agathe vous ne me verrez plus ; je respecte vos sentiments. Adieu, mademoiselle. Il lui baisa la main, et partit. Il y a beaucoup d'apparence qu'avec un peu d'opiniâtreté, il l'aurait emporté sur Julien, sans être prince : mais il avait des principes. Il se priva du plaisir de revoir cette jolie personne, afin de ne pas avoir à se reprocher la mort du pauvre Julien, qui paraissait un bon garçon, et d'avoir rendu parjure une amante aussi tendre qu'Agathe. Il se félicita bientôt de n'avoir pas suivi cette Intrigue qui n'aurait pu que nuire à sa fortune.

Un jour qu'il se promenait sur le *Boulevard du Temple*, il aperçut dans un jardin une jeune personne ravissante ; la délicatesse de ses traits, l'élégance de sa taille, marquée par une robe à la lévite, et surtout la perfection du charme favori de Saintepallaie le ravirent d'admiration. Son cœur fut ici plus intéressé que ses sens : il ne pouvait s'éloigner ; il n'osait fixer la jeune beauté ; il ne la regardait qu'à la dérobée. Après avoir fait quelques tours dans les allées, elle vint dans la barrière qui régnait devant le jardin. Elle s'assit, et posa son joli pied sur une chaise, de sorte qu'on le voyait en entier. Rien de si charmant dans la nature, par sa petitesse, par la grâce et l'élégance de la chaussure : c'était un soulier de couleur puce brodé et garni d'un cordonnet en argent sur les coutures ; le talon mince était assez haut, mais placé de manière qu'il ne faisait pas refouler le pied ; la forme par devant était la plus mignonne qu'on puisse voir. Saintepallaie était hors de lui-même : il alla et revint cent fois sur ses pas, pour jeter à la dérobée un coup d'œil sur le joli pied : quelquefois il levait les yeux plus haut pour admirer la figure ravissante de celle qui possédait cet appas vainqueur. *Victoire de la Grange* (on est prévenu sur cette jeune personne) se mit à lire : l'attention qu'elle donnait à son livre favorisa Saintepallaie : si par hasard, dans ses différentes attitudes, elle venait à dérober son pied aux avides regards de son adorateur, il lui semblait que la nature se couvrait d'un nuage, et perdait tout son éclat : le remontrait-elle, tout paraissait ranimé par ce charme puissant. Saintepallaie resta dans l'admiration jusqu'à l'instant où Victoire fut abordée par sa belle-mère, son frère et ses trois sœurs. Elle se leva pour lors, et vint avec sa compagnie faire quelques tours sur le boulevard. Le jeune homme la suivit pas à pas, et ne perdit aucun de ses mouvements. On rentra : et l'amoureux Saintepallaie sentit, à l'émotion de son cœur, que ce n'était pas un simple goût, mais l'amour même que venait de lui inspirer la belle au joli pied.

Depuis ce moment, tons les autres objets de son admiration, ne furent plus rien : la belle du boulevard les éclipsait tous… Mais comment se procurer une entrée auprès d'elle, ou chez ses parents ! Il ne connaissait personne qui fût en relation avec eux ; et le nom de M. de la Grange, qu'il se fit dire, ne l'avança guère. En attendant, il revenait tous tes jours, et il avait souvent le plaisir de voir l'objet de son enthousiasme. À chaque fois sa passion prenait de nouvelles forces, et, au bout de six semaines, elle était portée au point de troubler sa tranquillité. Enfin, il fut aperçu de Victoire ; elle lui trouva un air qui lui convenait, et, sans le connaître encore, elle fut flattée de son attention : elle le fit remarquer le lendemain à sa belle-mère, comme un jeune homme qui la regardait sans cesse, et qui se promenait tous les jours devant leur maison. Madame de la Grange parut ne pas faire attention à ce que lui disait sa belle-fille : mais elle rentra aussitôt, et chargea un vieux domestique de confiance de savoir qui était ce jeune homme qu'elle lui montra. Le domestique suivit de Saintepallaie pas à pas, observa toutes ses démarches, le vit rentrer chez lui, s'informa de son nom, de sa condition, de sa fortune, de ses mœurs, et revint, bien instruit, rendre compte de tout cela à sa maîtresse.

Le lendemain, Saintepallaie parut à l'heure accoutumée. Victoire était seule dans le jardin (elle y venait un peu plus régulièrement, sans y penser sans doute). Dès qu'elle l'aperçut, elle s'approcha sans affectation, entra dans la barrière, et l'examina autant qu'il lui fut possible : il semblait qu'il l'intéressât.

En effet, Saintepallaie ne la regardait qu'avec une admiration si vive, qu'elle animait tous les traits de son visage, et surtout ses yeux : ce que Victoire avait souvent occasion de remarquer, parce que le jeune homme portant sans cesse les yeux sur son joli pied, elle avait des intervalles pour le regarder à son aise. Elle alla ensuite trouver madame de la Grange, pour l'avertir que l'inconnu était sur le boulevard.

— Mais, maman, j'ai fait une singulière remarque ; il ne regarde que mes pieds !

— Cela est singulier, en effet ! Voyons !…

Elle vint dans la barrière avec sa belle-fille, et elle eut occasion de faire la même remarque. Elles rentrèrent ensuite dans le jardin, où madame de la Grange, prenant un air enjoué, elle dit à Victoire :

— Ce jeune homme s'appelle M. de Saintepallaie ; il est riche, maître de lui-même ; il possède une charge honorable qu'il remplit dignement ; il a des mœurs sans reproches : s'il t'aime, il faut l'attendre venir.

— Ah ! Maman, vous le connaissez !

— Je sais tout ce que je te viens de dire ; mais restons-en là.

— Vous avez raison ! Il serait peu décent que je m'occupasse d'un inconnu. Cependant, depuis cet entretien, Victoire fit encore plus d'attention qu'auparavant à son admirateur : et, de son côté, madame de la Orange continua de s'instruire de toutes ses démarches.

Ce fut dans ces circonstances, qui durèrent environ trois mois, qu'arriva ce que je vais raconter dans un moment. Depuis quelque temps, Victoire s'apercevait que son cordonnier se

surpassait pour l'élégance et la richesse dans ses chaussures ;
elle en était surprise : une autre remarque qu'elle fit encore,
c'est qu'elle en avait plus souvent des neuves qu'à l'ordinaire,
sans que néanmoins on payât davantage. Elle fit part de ces
remarques à sa belle-mère, qui sourit.

« Nous verrons cela, dit-elle… »

Hortense (on se rappelle que c'est le nom de la belle-mère)
fit venir le cordonnier de la maison (c'était celui de la rue
des *Vieux-Augustins*, dont il a été question) ; mais on fut en
particulier qu'elle lui parla : elle exigea de lui qu'il lui avouât
la vérité.

— Il est vrai, madame, répondit cet homme, que je four-
nis plus de chaussures qu'on ne m'en commande chez vous :
un jeune monsieur, fort aimable, qui m'a assuré qu'il espérait
épouser mademoiselle de la Grange l'aînée, m'en proscrit la
forme, la couleur, et me les paye.

— Mais vous avez donc quelqu'un ici d'intelligence avec
vous ?

— Comme il n'y a pas de mal à cela, madame, j'ai fait
entendre à mademoiselle *Marguerite* (la femme de chambre),
qu'elle pouvait m'obliger, et me faire gagner, sans nuire à personne ; qu'il ne s'agissait que de changer les chaussures que
mademoiselle avait déjà mises, pour d'autres toutes neuves ;
elle n'a pas vu non plus de mal à cela, et elle l'a fait pour
m'obliger.

— Sans intérêt ?

— Oui, madame, sans aucun intérêt ; elle me rendait celles qu'elle ôtait, et moi je les remettais à ce généreux monsieur. Oh ! Si vous voyiez chez lui, madame ! Il a rangé sur des rayons tout ce qu'a porté mademoiselle ; cela est couvert d'une gaze comme celle qu'on met sur les pendules, de peur que la poussière ne les gâte ; et il regarde tout cela avec un respect qui m'a touché, moi, madame.

Hortense, instruite, renvoya le cordonnier, en lui défendant de rien dire à sa fille, ni même à la femme de chambre. Elle n'ajouta rien sur la continuation de son travail ; ce qui fit qu'il se comporta comme à l'ordinaire sans en parler à Saintepallaie, de peur qu'il ne blâmât son peu de fermeté.

Cependant Victoire, de son côté, apporta tant d'attention à ses chaussures, que si elle ne put empêcher l'introduction des nouvelles, au moins fit-elle en sorte qu'on ne pût lui reprendre celles qui lui avaient déjà servi. Saintepallaie avait fait faire des souliers d'un joli goût ; ils étaient rose moiré, à talon vert, ainsi que les languettes et richement brodés : il fit porter cette chaussure à mademoiselle de la Grange, espérant de la revoir bientôt, et il vint en admirer l'effet le lendemain. Effectivement, Victoire qui avait trouvé ces souliers du meilleur goût, n'avait pas manqué de les mettre : il semblait qu'ils rendissent son pied encore plus mignon. Mais lorsque Saintepallaie voulut les ravoir, on lui dit qu'il n'était plus possible ; que la jeune demoiselle enfermait ses chaussures. Le jeune amant ne fut que plus enflammé par ces difficultés ; il promit une récompense au cordonnier, s'il pouvait parvenir à changer la dernière paire qu'il avait livrée. Tout fut inutile ; Marguerite perdit ses peines et de Saintepallaie, bien fâché de ce contretemps, qui dérangeait la suite de sa collection, ne sut comment faire pour s'emparer d'un trésor, auquel le pied de l'objet de ses adorations donnait tant de prix.

Il se promena plusieurs jours sur le boulevard, sans voir à Victoire les charmants souliers. Enfin, le quatrième ou cinquième jour, elle les avait pour la seconde fois : nouveaux désirs de la part de Saintepallaie, qui furent satisfaits en partie.

Victoire vint s'asseoir dans la barrière ; c'était sur les sept heures, au mois de septembre, et elle appuya son pied sur la traverse : Saintepallaie prit son plan d'après cette attitude : il se baissa, caché par un arbre :

« Amour ! dit-il, permets ce larcin ! » et saisissant un des souliers par le talon, il parvint sans effort à lui faire quitter le joli pied qu'il ornait. Victoire fit un petit cri, croyant d'abord que c'était un polisson qui lui jouait ce tour pour avoir une très belle boucle à pierre : mais ayant aperçu son admirateur, qui se retirait à pas précipités, elle lui en voulut un peu de son inconsidération, sans pourtant être absolument en colère : elle alla, en boitant, conter celte nouvelle singularité à madame de la Grange, qui en parut fort surprise. D'un autre côté, le vieux domestique chargé d'observer Saintepallaie lui avait vu faire son coup ; il le joignit au bout de la rue du *Temple*, où il lui dit :

— Monsieur, je vous prie de me dire ce que vous voulez faire du soulier de notre demoiselle ?

— Ah ! Mon ami, lui répondit le jeune homme, je ne le rendrai qu'à elle : il est si joli, que je veux auparavant le donner pour modèle. Vous connaissez le cordonnier de votre maîtresse ; venez-y avec moi. Le domestique fit des difficultés ; Saintepallaie, ennuyé, profita d'un embarras de voitures, jeta sa bourse dans le chapeau de cet homme et disparut.

Le lendemain, il écrivit la lettre suivante :

A MADEMOISELLE DE LA GRANGE L'AÎNÉE.

Mademoiselle,

À ma témérité d'hier, j'en ajoute une nouvelle aujourd'hui : mais pardonnez-les toutes deux, si vous ne voulez pas réduire au désespoir un homme qui ne respire que pour vous adorer. Le motif des deux actions dont je vous fais excuse, est un sentiment trop vif et trop respectueux, pour qu'il doive vous offenser. Sa vivacité m'ôte la réflexion ; et le respect qui l'accompagne, le dévouement absolu qui en fait partie, peuvent le faire pardonner. J'ai vingt-six ans : je jouis d'une fortune honnête ; j'ai une charge honorable : je demande à me présenter, pour que vous jugiez si mon extérieur vous convient : car, pour mes sentiments, mademoiselle, ils sont dignes de vous. Quant à ma conduite extraordinaire, prenez-vous-en au charme inexprimable qui m'a subjugué, d'où vient est-il si parfait en vous ? Me ferez-vous un crime de sentir plus vivement que personne l'effet de vos appas ? Je n'ai pu y résister ; il fallait un soulagement à mon cœur ; il le fallait absolument.

Je suis, Mademoiselle, avec le plus profond respect, votre très humble et obéissant serviteur,

D.-L.-C. De Saintepallaie.

(Adresse.)

À Madame De-la-Grange, rue… proche le Boulevard du Temple.

Apostille.

Madame,

J'ose vous adresser cette lettre, vous suppliant de m'accorder un moment d'audience : vous êtes une mère tendre, et j'adore votre fille : je mérite du moins d'êtres entendu de vous.

Je suis avec le plus profond respect, Madame,

D.-L.-C. De Saintepallaie.

Hortense, après avoir lu cette lettre, et avant de la montrer à sa belle-fille, répondit un mot, qu'elle donna au laquais de l'amant de Victoire :

RÉPONSE DE MADAME DE LA GRANGE.

Je consens à vous voir, Monsieur : je n'ai rien à vous dire de plus, si vous en sentez la raison. Je vous attends.

Je suis très parfaitement, Monsieur

Votre servante Hortense De Fouchy,

F. De la Grange.

De Saintepallaie trouva le billet un peu sec, et il ne sut qu'en penser ; il se rendit néanmoins chez madame de la Grange. Le vieux domestique, dont il était connu, l'introduisit sur-le-champ.

— Je viens à vos ordres, madame.

— Nous allons un peu causer, monsieur… Vous aimez mademoiselle de la Grange, à ce qu'il parait ?

— Je l'adore, madame.

— Le bonheur de cette jeune personne, monsieur, fait mon étude depuis dix ans que j'ai épousé son père : elle m'est aussi chère que si elle était sortie de mes entrailles, et pour le faire, voici les moyens que j'ai pris. Je rassemble ici une aimable jeunesse à qui je procura des divertissements honnêtes et piquants : je n'ai pour but que d'éclairer Victoire, ses sœurs, et leur jeune frère, sur la choix à faire pour être solidement heureux dans le mariage. J'y allais réussir pour Victoire, lorsque vous avez commencé de vous faire remarquer autour du notre maison, par une conduite assez extraordinaire (vous ne trouvez pas l'expression trop dure, monsieur ?). Le jeune homme sur lequel je comptais que Victoire pourrait jeter les yeux (car, monsieur, j'entends que le choix vienne d'elle, et non de moi), est riche, aimable, de mœurs exemplaires ; son caractère, son esprit, son cœur, tout est excellent ; surtout sa manière de penser rendrait une femme heureuse : il est solide ; ce n'est point un étourdi, que ses sens entraînent : si vous vous croyez, monsieur, un meilleur parti que lui pour ma belle-fille, parlez ; je me réglerai sur ce que vous allez me dire : mais je vous préviens que ce ne sera rien encore que mon suffrage ; il faudra être préféré de Victoire, en être aimé, bien réellement, pour l'obtenir.

— Ce langage, tout raisonnable qu'il est, étonne ma résolution, madame ! Il me rend timide ! Comment oserai-je vous dire que j'ai plus de vertus que celui dont vous venez de me faire un portrait si magnifique ! Mais, madame, j'ose vous jurer, qu'avec des mœurs aussi pures que celles de ce jeune homme, j'ai plus d'amour un million de fois. Mademoiselle votre belle-fille est à mes yeux une créature céleste ; elle occupe toutes mes facultés : je voudrais... adorer tout ce qui l'environne ; tout ce qui l'a touchée est un trésor pour moi. Ah ! Madame, il y va de ma vie d'en être aimé ; je ne pourrais, sans mourir, voir passer dans les bras d'un autre l'objet de mon culte et de mon attachement. Comment vous exprimer, madame, tout ce qu'elle m'inspire ! Non, je ne réussirais pas à vous peindre un seul de mes sentiments pour elle ; aucun des termes connus ne peut le rendre. Si j'avais le bonheur de l'obtenir, elle serait adorée comme jamais femme ne le fût par un homme. Ma tendresse immortelle répandrait autour de ma divinité le charme qu'éprouve mon cœur ; ce charme inexprimable que je sens si bien, et que je peins si mal !... Lorsque je pense à elle, mon âme se fond dans un délicieux épanchement de tendresse ; si je me figure que je l'ai obtenue, mon imagination échauffée par mon cœur me suggère mille tendres et charmantes choses que je lui dis ; je serais heureux d'un mot, d'un sourire. Me hait-elle (Je le suppose quelquefois), mon âme sensible l'adorerait encore ; oui, j'adorerais son injustice, sa cruauté ; je saurais la toucher, et l'en faire revenir. Elle abuserait de mon pouvoir, de ma tendresse, que je ne serais pas malheureux ; je la verrais, je l'idolâtrerais (c'est la même chose), elle serait à moi ; ah ! Que me feraient quelques torts légers !

— Vous êtes dans l'ivresse, interrompit on riant madame de la Grange, et cet état ne mérite pas beaucoup de confiance.

— Pardon, madame ; mais c'est l'impossibilité de vous peindre mes sentiments, qui m'a fait tenir ce langage.

— Ces maris si tendres sont quelquefois des espèces de tyrans, monsieur ?

— Madame, tout ce que je dirais pour vous prouver que je ne le serai pas, vous paraîtrait faible : mais pourtant soyez en sûre, je men garderais bien ! Ce serait me rendre incommode !

— Ce qui me consolerait pour votre épouse future, quelle qu'elle soit, c'est que ce feu si vif ne dure pas.

— Toute ma vie, madame, pour la belle Victoire.

— Nous nous reverrons, monsieur ; vous allez saluer ma belle-fille : je vous prie de modérer les expressions avec elle ; il n'est pas temps de lui montrer de l'amour.

— J'obéirai, madame, comme je pourrai…

Madame de la Grange demanda Victoire. Elle vint : en apercevant de Saintepallaie, elle rougit, et parut interdite.

— Ma bonne amie, lui dit sa belle-mère, monsieur nous a écrit à toutes deux : voici sa lettre : j'ai répondu, et sa visite est la suite de ma réponse. Lis.

Taudis que Victoire lisait, madame de la Grange dit à de Saintepallaie :

— Ma fille n'avait pas encore entendu parler de votre lettre, monsieur ; j'attendais, pour la lui montrer, que je vous eusse entretenu : vous voyez ma franchise : c'est devant vous qu'elle la lit. Je vous invite à venir à nos assemblées ; nous ferons ainsi connaissance : jusqu'à ce qu'elle soit parfaite, il ne sera question de rien : voilà mademoiselle de la Grange qui lit votre déclaration ; il serait inutile de la lui faire de bouche : elle sait que vous l'aimez ; c'est à elle à présent à consulter son cœur ; c'est à vous à vous montrer tel que vous êtes : car si vous vous déguisiez, vous imaginez que ma bonne amie m'est trop chère, pour que je n'emploie pas tous les moyens possibles de vous connaître par d'autres… Elle a fini… Laissez-nous : nous vous attendons ce soir, et tous les jours.

Saintepallaie fut obligé de se retirer ; car il vit bien que madame de la Grange voulait sauver à Victoire l'embarras d'une réponse de vive voix à sa lettre.

Lorsqu'il fut parti, Hortense dit à sa belle-fille :

— Eh bien, ma bonne amie ? Qu'en dis-tu ?

— Je le connaissais de vue : me voilà instruite de se senti-ments ; que dois-je faire, maman ?

— Il faut étudier son caractère, tandis que moi, je ferai les informations extérieures ; ensuite, s'il te convient, tu consulte-ras ton cœur. Je ne te dirai rien sur sa passion, sur sa manière d'aimer, ni sur tout le reste, que tu ne sois décidée : il faut que ce soit le cœur seul qui fasse ton choix… Cependant, si j'apprenais des choses absolument mauvaises, je t'en avertirais sur-le-champ.

— Ah ! Je le crois, madame !

— Sa figure ?

— Elle est fort bien.

— Il te parait aimable ?

— Mais oui ! Je voudrais… Tu sais comme je suis sincère avec toi, petite maman ? Je voudrais qu'un homme qui parait si épris, méritât d'être préféré.

— Nous verrons : je te parlerai quelque jour. En attendant, examinons-le avec soin ; surtout à présent, que ne le connaissant pas, nous sommes encore sans partialité : car si nous attendions, et qu'un petit traître vint à nous mettre son bandeau sur les yeux, nous n'y verrions plus.

Le soir, de Saintepallaie ne manqua pas de venir à l'assemblée. Mais concentré par sa passion, il se divertit peu. Il fit sa cour à madame de la Grange, et ses yeux néanmoins ne quittaient pas Victoire. Il dansa un menuet avec elle. Mais dès le lendemain il prit un rôle, pour faire dans le ballet du *Jugement do Pâris*, celui qu'avait rempli jusqu'alors le jeune De-le-Grange. Les répétitions firent qu'il rendit deux visites par jour, afin de se concerter : On sait que Victoire faisait *Vénus* ; Saintepallaie se chargea du rôle de *Pâris*.

La maxime qu'il faut aimer pour l'être ne tarda pas à se vérifier : Saintepallaie aimait avec enthousiasme ; il avait un mérite réel : Victoire sentit que son cœur s'intéressait pour lui, et madame de la Grange s'en aperçut peut-être avant elle. Dès que cette excellente femme en fut assurée, elle prit sa belle-fille en particulier.

— Comment trouves-tu ton singulier amant, ma bonne amie ?

— Mais, aimable, qu'en dis-tu ?

— Je le trouve aimable aussi.

— Effectivement, il l'est beaucoup !

— Crois-tu l'aimer assez, pour te répondre de l'aimer toujours ?

— Je puis te répondre, belle maman, que je le préfère.

— C'est quelque chose : mais pour épouser, pour engager sa liberté à un homme, lui sacrifier tout ce qu'une femme sacrifie à un mari, ce n'est pas assez ; il faut un goût vif, bien décidé, qui fasse un dieu de l'amant ; en es-tu là ?

— Ô mon Dieu non !

— Attendons.

— Certainement, il faut attendre…

— Mais, c'est qu'il me presse ?

— M. de Saintepallaie te presse, maman ?

— Mais beaucoup !… Il m'a chargé de sonder tes sentiments à son sujet !

— À parler vrai… maman, je crois que je l'aime !… Mais ce n'est pas comme vous dites.

— Quant à lui, chère fille, il t'aime comme je dis : ma chère bonne amie, tu seras heureuse comme je l'ai toujours désiré : oui, tu le seras ; je le vois à la manière dont tu es aimée. Tu es belle, tu es plus que belle, car tu es charmante ! Mais, chère fille, combien de belles femmes sont négligées C'est qu'elles ont épousé des automates, qui ne savent apprécier ni la beauté, ni la grâce, ni même le mérite : (c'est aussi quelquefois la faute des femmes). Mais ton adorateur sent tout ce que tu vaux ; il ne parle qu'avec transport du moindre de tes attraits : rien ne lui échappe ; il a tout examiné, tout saisi, tout admiré, tout adoré. Ce goût singulier, tu vois bien ? Qui lui a fait séduire ton cordonnier, et commettre l'indiscrétion qui a occasionné sa lettre ! Ce goût, ma chère fille, marque une extrême délicatesse dans les organes : il marque un homme capable d'un sentiment profond, quoique violent. Un autre avantage, c'est que ce goût porté au point où il l'a, te fournit un moyen facile de lui plaire toujours ; quelle ressource, au contraire, une femme a-t-elle avec une brute, qui n'est sensible à rien ? Tu ne saurais croire combien ce goût singulier de ton amant m'a bien disposée en sa faveur ? Si bien disposée, que dès le premier jour que tu m'en parlas, je le fis suivre, et voulus le connaître. Ne néglige jamais ce précieux avantage, ma chère fille ; et pour ne pas déformer ce pied, dont la beauté sera peut-être l'unique source de ton bonheur, emploie les moyens que tu me vois pratiquer, et que je vous ai fait mettre en usage, sans que vous en sussiez le motif, ni toi, ni tes sœurs. Une chaussure bien faite, bien juste, non gênante ; jamais de souliers à la maison, toujours des mules ; la plus grande attention à prévenir les effets de la gêne la plus légère : au moyen du soin que j'y ai donné, vous avez toutes le pied aussi parfait que si vous n'aviez porté que de ces jolis sabots dont vous faites usage en hiver ; car le froid aux pieds les déforme. Je n'aurais pas connu le prix de cet avantage sans mon mari ; son goût est à peu près celui de M. de Saintepallaie ; et la nature m'ayant favorisée de ce côté-là, je n'ai rien oublié pour que l'âge ne fît pas sur moi l'effet désagréable qu'il opère sur le pied de tant de femmes. Ainsi, ma chère fille, c'est d'après l'expérience que je te réponds du bonheur ; et c'est par comparaison, autant que d'après l'examen que j'ai fait de ton amant, que je prévois sa conduite future à ton égard. Mais, chère amie, les gens qui ont ce goût sont extrêmement. susceptibles dans tout ce qui regarde la propreté : comme rien ne leur est indifférent, rien ne leur échappe de ce que nous valons ; mais aussi la moindre négligence est remarquée, et leur cause une sensation désagréable : il faut, pour maintenir l'illusion, qu'une femme leur paraisse un ange ; il faut leur dérober, avec une scrupuleuse attention, tous les assujettissements de la nature qui peuvent faire une impression repoussante : la propreté de la chaussure doit être pour eux le symbole de celle du corps et de tout le reste de l'habillement. Si ce qui touche la terre est si propre, pensent-ils ordinairement, comment doit être le reste ? Tout ce que nous sommes doit être pour eux un objet appétissant, et la propreté du corps doit désigner la pureté de notre âme. Je t'ai donné là-dessus des leçon de pratique, et nous souffririons toutes deux, moi, à te les répéter, toi à les entendre ; il suffit que tu saches ce que je veux dire : une femme devrait faire autant d'ablutions que les dévotes musulmanes… Mais je reviens à ton amant : je lui donne ma voix.

— Et moi, chère maman, je la lui donne aussi : ce que vous venez de me dire achève de me déterminer.

— Il faut que ce soit ton goût seul qui te détermine ?

— Ce l'est, chère belle-maman. Si vous saviez tout ce qu'il me dit chaque jour de gracieux, de tendre ! Comme par un mot il me peint son amour ! Hier, nous étions assis après la danse : j'avais chaud ; j'ôtai mes gants ; et par inattention, je les mis sur lui. Un instant, après j'y songeai, et j'avançai la main pour les reprendre : je sentis la sienne comme frémir.

— Qu'avez-vous lui dis-je ?

— C'est l'effet de vos gants : ils m'ont donné la fièvre d'amour : touchez ma main, fille adorable, et vous allez sentir que mon cœur bat jusqu'au bout de mes doigts.

— Plus cet amour est capable de te rendre heureuse, chère fille, plus il faudra que tu apportes de soins à le conserver. Ne sois pas comme ces femmes qui se fient sur ce qu'elles sont aimées, et qui négligent les moyens de l'être encore davantage ; il ne faut jamais trouver que c'est assez ; il faut tout employer pour attacher un cœur qui l'est déjà ; tous les sentiments doivent nous servir à cet effet : l'estime, le respect, la reconnaissance, l'admiration : il faut même faire en sorte que l'habitude tourne en notre faveur : il faut nous rendre nécessaires ; il faut que notre mari trouve le séjour de sa maison le plus aimable, le plus tranquille, et même le plus amusant, s'il est possible : ç'a été un des principaux motifs des ballets que tu m'as vu donner. En rattachant, tu t'attacheras davantage à lui par tes soins mêmes ; tu t'amuseras en te faisant une affaire de son amusement et de le captiver : vois, ma fille (car je puis te citer mon exemple), comme je m'y suis prise avec ton père : il m'aimait en m'épousant : mais dès que j'ai été son épouse, j'ai étudié tous les moyens d'en être aimée davantage. Je ne vous connaissais pas, je ne pouvais donc vous aimer. Cependant le premier moyen qui s'est présenté à mon esprit d'être plus aimée, plus estimée de cet honnête homme, a été de vous chérir et d'être chérie de vous : le succès a surpassé mes espérances, parce que j'ai trouvé d'excellents enfants, dignes de la double source où ils ont puisé la vie ; car votre mère était une res-

pectable femme !... Chère Victoire, que j'aime ta sensibilité !
Adore sa mémoire, par ces larmes honorables...

— Ah ! Maman, elles coulent pour elle et pour vous : vous
m'attendrissez toutes deux également en ce moment, et je bé-
nis le ciel, qui m'ayant ôté ma mère, m'en a conservé le cœur
en vous !...

— Je n'ai désiré que ton bonheur, ma fille, mais il y avait
un peu d'égoïsme de ma part ; c'est que j'en ai fait dépendre
le mien.

Après cette conversation, madame de la Grange, sûre que
sa belle-fille aimait assez de Saintepallaie pour devenir sa
femme sans danger, s'occupa des préparatifs. Il est inutile de
prévenir qu'elle n'agissait que de l'aveu de M. de la Grange ;
mais cet honnête homme lui laissait une liberté absolue ; il
savait l'usage qu'elle devait en faire. Le lendemain, madame de
la Grange eut soin que Saintepallaie eût un entretien avec elle,
avant de voir sa belle-fille.

— Vous êtes toujours pressé (lui dit-elle, lorsqu'il lui témoi-
gna une impatience plus vive que jamais d'être bientôt le mari
de Victoire) : eh bien ! Dans six mois.

— Ah ! Madame, un terme si long !...

— Dans trois.

— Ce seront trois siècles.

— Dans un.

— Je n'ose plus me plaindre : mais si j'en étais le maître, ce
serait demain, ce soir. Dans un mois, c'est mon dernier mot ;
encore y vais-je mettre une condition : il me faut une preuve
sans réplique que vous êtes aimé ; un aveu bien tendre... Vous

voyez que je ne ressemble pas aux autres mères : j'ai un singulier système ; je ne connais que deux moyens pour marier
les filles : le premier, c'est celui que j'emploie, il faut qu'elles
aiment, qu'elles chérissent, et qu'il n'y ait pas à en douter ; le
second, c'est de ne pas les consulter du tout ; de ne pas souffrir
qu'elles disent un mot à leur prétendu, avant le mariage, afin
qu'il n'y ait ni amour ni haine ; la raison de cela c'est qu'après
le mariage, la fille, liée par la nécessité, si elle est raisonnable,
devrait s'être attendue à pire que tout ce qu'elle éprouve de
la part de son mari ; et par conséquent tout excuser, tout
bien interpréter, enfin se trouver heureuse, pour peu qu'elle
soit moins mal qu'elle ne l'avait imaginé… Je ne badine pas,
monsieur, il n'y a que ces deux moyens : j'ai choisi le premier
pour ma bonne amie : mais je veux qu'il soit bien rempli ; car
ce n'est pas une petite tâche que vous vous êtes donnée, de
prétendre vous faire aimer, et d'avoir promis un bonheur au
delà de celui qu'une femme peut naturellement attendre de
son mari ! J'en suis un peu inquiète pour vous.

— Mais aussi, madame, quelle félicité, si je parviens à remplir votre espérance, à la condition que vous venez d'exiger !

— Allez-y travailler. Elle le fit entrer par son appartement
dans celui de sa belle-fille. Victoire était absente, madame de la
Grange le savait bien : il y avait d'étalées sur un sofa, diverses
choses qui servaient à sa parure, et, surtout, des chaussures
mignonnes qu'elle avait essayées ; Saintepallaie se trouvant
seul regarda ces jolis objets : mais il faut dire que madame de
la Grange, qui voulait faire une épreuve, alla prendre sa belle-
fille pour la rendre témoin de ce qui allait se passer.

Cependant Saintepallaie se trouvant encore seul dans le temple de la beauté qu'il adore, porta d'avides regards sur tout ce qui servait à son culte ; bientôt ses mains tremblantes de plaisir s'en emparèrent ; il baisa la robe aux endroits où elle devait avoir touché une gorge mutine, des épaules et des bras de lis : il réservait pour le dernier son objet favori, et la chaussure eut bientôt son tour ; il l'admira ; il y porta la bouche ; ensuite, ne pouvant contenir le feu qui le consumait, il dit avec transport :

« Adorable fille ! Ah ! Tout ce qui vous touche participe du charme divin qui vous environne !... Témoins inanimés du plus ardent amour ! J'envie votre sort ! Je voudrais... un seul instant, avoir votre forme et votre destination ! être foulé par ce pied mignon, l'abrégé de toutes les grâces... J'en sentirais davantage mon existence délicieuse... Des larmes coulèrent de ses yeux : il demeurait immobile, la délicate chaussure à la main... »

« Belle Victoire, reprit-il, que ne pouvez-vous lire dans mon âme ! Y voir comme je vous adore... quel excès de tendresse j'éprouve !... Car c'est de la tendresse, plutôt que des désirs ; tout violents qu'ils sont, la tendresse les surpasse !... »

Il se mit à genoux.

« Fille charmante, s'écria-t-il, je t'adore ! Oui, je sens que tu es ma divinité !... Ah ! Si tu fais mon bonheur ; que je te devrai de reconnaissance !... Parure qu'elle embellit, reçois mes hommages !... »

Il se leva dans un égarement de tendresse… Madame de la Grange, qui peut-être devina son dessein, entra sur-le-champ avec sa belle-fille : Saintepallaie, ému, hors de lui-même, se précipita aux genoux de Victoire :

— Je vous adore, je vous aime, comme on n'aima jamais, un mot de votre belle bouche va décider de mon sort : prononcez-le devant cette mère qui vous chérit.

— Je suis sensible à votre tendresse, monsieur, dit Victoire en rougissant… croyez, maman, que j'y suis sensible.

— Ah Dieu !… (Il l'enveloppa dans ses bras, et l'obligea, par ce mouvement, à s'asseoir sur le sofa)… Voyez à vos pieds l'homme que vous rendez heureux !…

Et ayant aperçu un pied chaumant, que la position de Victoire découvrait, il osa y appliquer ses lèvres, en ajoutant : « un amour sans bornes adore tout ! »

— Dans un mois, monsieur Saintepallaie, dit madame de la Grange, ou dans quinze jours : je vous donne ma parole : venez recevoir celle de M. de la Grange…

Elle voulait donner à Victoire, trop émue par la liberté que venait de prendre son amant, le temps de se remettre.

Ce mariage se fit au bout de la quinzaine. On ne peut rien imaginer de si galant ni de si riche que la chaussure de la mariée : c'était un soulier de nacre de perle, avec une fleur en diamants : les bordures étaient garnies de brillants, ainsi que le talon, qui, malgré cet ornement, était fort délié : cette chaussure coûta deux mille écus, sans compter les diamants de la fleur qui valaient trois ou quatre fois cette somme ;

c’était un présent de Saintepallaie. Le soir, lorsqu’il fut dans la chambre nuptiale avec sa charmante épouse, il se mit à genoux, et ce fut sa main amoureuse qui ôta ce beau soulier du pied mignon qu’il chaussait : une mule, non moins galante, mais moins riche, lui succéda : les souliers furent déposés dans un petit temple transparent, dont la pièce du milieu formait une rotonde environnée de colonnes de cristal, à chapiteaux dorés, d’ordre ionique : c’est là qu’ils sont conservés, comme les types et les gages d’un amour qui ne doit jamais s’éteindre : il y a dix ans que ce mariage est fait, et ils ont été mis dix fois ; c’est-à-dire, chaque année au jour anniversaire du mariage.

Soit que ce culte que Saintepallaie rend à son épouse maintienne son amour ; soit que Victoire, aidée des conseils de son excellente belle-mère, sache employer des moyens efficaces, inconnus au reste des femmes ; soit enfin que les hommes du goût de Saintepallaie, soient en effet plus tendres, ou qu’il soit plus facile d’entretenir le charme avec eux, l’amour de ce jeune époux est toujours le même. Madame de la Orange, à qui j’en ai parlé, m’a dit que les quatre causes dont je viens de parler, y contribuaient. Le mari de la belle Victoire, quoique très occupé, et ne négligeant aucun de ses devoirs, se fait une affaire de la parure de sa femme ; c’est lui qui choisit, et toujours Victoire trouve qu’il choisit bien. La première année, le cordonnier a eu ordre d’apporter tous les jours une paire du souliers dont la couleur et la broderie étaient ordonnées par Saintepallaie : c’était à lui qu’on les remettait ; son épouse les portait un jour ; il les reprenait ensuite, et les serrait dans des rayons vitrés. La seconde année, il ne fit faire que les chaussures blanches : son épouse remettait, par ordre, les souliers qu'elle n'avait portés qu'une fois, et quelques-uns de ceux que son mari s'était appropriés, lorsqu'elle était fille. Cette attention tenait Saintepallaie toujours occupé de sa femme et de ses grâces : elle était son idole, sa déesse, et les soins qu'il prenait pour elle étaient le culte *extérieur.* Dix années viennent de s'écouler ainsi. Trois enfants aimables, en prenant toute beauté de leur mère, ne lui en ont cependant presque rien ôté : le contentement d'esprit, le bonheur parfait dont elle jouit, conservent dans leur fraîcheur les roses de sa jeunesse.

— Eh bien ! Bonne amie fille, lui disait un de ces jours madame de la Grange, ne te l'avais-je pas prédit, que les maris adorateurs savent aimer beaucoup plus longtemps que les autres, quand on les seconde par les moyens que tu as employés ?

— Oui, maman, tu avais raison : mais te doutes-tu à quel point je suis heureuse ?

— Voyons, ma belle-fille, dis-moi cela ? Après je te répondrai vrai, si je m'en doutais ou non.

—Ma belle-maman, il n'est pas, je crois, de situation comme la mienne : sûre que tout ce que j'ai plaît à mon mari, puisqu'il choisit tout ; sûre que les dons que je tiens de la nature, l'enchantent ; que toutes mes actions, tous mes pas déploient à ses yeux une grâce nouvelle, je n'ai pas éprouvé depuis dix années un sentiment relatif à lui qui ne fût agréable. C'est là, belle-maman, une charmante situation ! Il me semble que ce qui lui plaît en moi, me soit aussi cher qu'à lui ; vous ne sauriez croire combien j'ai de plaisir à ma toilette ; combien tous les soins que j'y prends pour m'embellir ont de charmes ! Comme j'attends son premier regard, lorsqu'il m'aborde ! Son œil me parcourt de la tête aux pieds ; mais c'est d'un air d'extase qui m'enchante ! Il loue ensuite tous les détails, il admire toutes mes grâces ; rien n'est perdu, pas la moindre petite attention que j'ai prise. Quelquefois il me prie de marcher ; il me regarde avec transport et court à moi ; il me prend dans ses bras ; il me donne mille noms charmants, et autant de baisers, que je lui rends, belle-maman, tous, je t'en assure... Et puis il regarde cet attrait favori... Mon Dieu ! Maman, qu'il est flatteur d'entendre si fort louer une chose à laquelle tant d'autres hommes ne font presque aucune attention ! Comme cela marque, dans mon mari, une passion vive et adoratrice, ainsi que vous le dites quelquefois !... Si je voulais, il me rendrait les services les plus bas : mais je n'ai garde ! Je me souviens de ce que vous me dites un jour. Je ne me repose pas sur l'excès de son amour, et je me comporte avec le plus empressé, le plus tendre des maris, comme s'il en était le plus dédaigneux. J'ai suivi à la lettre votre conseil. Mon mari ne sait pas encore, par le témoignage de ses sens, si je suis une mortelle sujette à mille petites choses désagréables : je les lui cache avec autant d'attention que des crimes : à peine ai-je voulu qu'il fût auprès de moi dans mes couches, et encore pas toujours ; je me contraignais en sa présence ; un sourire accompagnait mes plus vives douleurs. Il fondait en larmes, vous le savez ; il me baisait les mains ; je l'éloignais alors, pour ne plus le revoir que dans le moment de la joie. Maman, je l'éprouve, en s'attachant à trouver tout ce qui peut conserver l'amour d'un mari, on conserve le sien à soi-même : et comme l'amour est le plus grand des biens, on conserve le bonheur !... Eh bien, maman, imaginais-tu ma félicité telle qu'elle est ?

— Oui, chère fille... Bonne enfant, je puis te le dire aujourd'hui, nous avons ou le même sort. Adorée de ton père, j'ai mis mon bonheur à faire le sien...

— Et le nôtre, belle-maman, à tous... Tu es la raison même ; car je sens effectivement qu'avec les maris qui ont des goûts vifs et d'un genre... comme celui de mon bon ami, on a bien plus de ressources !... Avec quelques attentions, on conserva ce charme jusque dans la vieillesse, et il remue encore leur cœur, lorsque tous les autres sont éclipsés.

— Il est vrai, ma belle-fille, que je suis encore aussi jeune par là qu'à quinze ans.

— Je le vois, belle-maman : vous êtes chaussée comme moi, et je n'y trouve pas la moindre différence. Ce talon élevé a une grâce particulière ; sa hauteur contribue à rendra la jambe fine, et tout le pied moins matériel, moins lourd ; je ne comprends pas pourquoi les femmes viennent d'adopter les talons bas, d'après deux sottes invitations du *Journal de Paris* ? Cela leur rend le pied pataud, la jambe fournie et mal faite, sans que leur marche y ait gagné de la légèreté ; au contraire, elle est devenue plus gauche.

— Je suis de ton avis, ma belle-fille...

Cet entretien fut interrompu par de Saintepallaie qui rentrait. Il vint pour embrasser sa femme.

— Maman, cachons-nous, dit-elle : je veux faire un essai !
Elles s'enveloppèrent toutes deux dans un rideau de croisée
qui tombait jusqu'à terre : mais chacune montrait un pied ;
Victoire le droit, madame de la Grange le gauche, de façon
qu'ils paraissaient appartenir à la même personne.

— Mon ami, dit Victoire, devine ta femme ?

— Oui, je la devinerai au charme séduisant que j'aperçois.

— Eh bien, devine donc ?

— J'y suis embarrassé !... le cœur me guidera mieux que
les yeux ; c'est lui que je veux écouter... (*touchant le droit*) voici
madame de Saintepallaie ; (*touchant le gauche*) et voici madame
de la Grange.

— Il m'a reconnue ! s'écria Victoire.

— Oui, par le cœur ; mais les yeux s'y tromperaient, mon
amie.

— Elles sortirent toutes deux et Saintepallaie leur dit :

— À quelle occasion ce jeu enfantin ? Peut-on le savoir ?

— Non, lui dit sa femme, c'est le secret de mon sexe ; il ne
doit pas être divulgué.

— Je le respecterai donc.

— Mon ami, reprit Victoire, je puis cependant t'avouer que
dans tous les entretiens que j'ai avec ma belle-maman, nous ne
traitons que des moyens de te plaire davantage et de te rendre
plus heureux : par exemple, tout à l'heure nous avions une de
ces conversations favorites. Je rendais compte à maman des
moyens que j'employais ; elle m'a félicitée, moins du mérite de
mes soins, que du prix que ton charmant caractère sait y donner. Elle m'a ensuite avoué qu'elle avait suivi la même route,

et que le caractère heureux de son mari avait produit ce que fait le tien avec moi. Là-dessus, nous nous sommes trouvé des ressemblances. Nous avons voulu voir si l'âge apportait des différences à certain charme que tu aimes ; tu t'es fait entendre et j'ai proposé mon essai.

— Je remercie maman de ses bons offices, dit Saintepallaie, en baisant la main de madame de la Grange, et je crois pouvoir l'assurer qu'elle est encore aussi jeune que ma femme par ce charme séduisant ; grâce à son bon goût, et à la forme à laquelle elle se tient, malgré une mode éphémère : pour lui marquer ma reconnaissance, je prétends rendre cé-lèbres son mérite, ses grâces et ses vertus ; je vais envoyer son histoire et la nôtre à l'auteur des *Contemporaines* ; la pre-mière sera intitulée la *Bonne belle-mère*, et la seconde, *le Joli pied*. Tout le royaume saura qu'il y a au monde une Hortense et une Victoire, toutes deux adorables, et toutes deux adorées de leurs maris.

L'HONNEUR ÉCLIPSÉ PAR L'AMOUR

Il y avait à Paris, proche le *quai Pelletier,* une jeune personne très aimable, qu'on appelait mademoiselle *Zémire H…* ; j'ignore si Zémire était son vrai nom, ou si ses parents, honteux de faire porter à leur fille celui d'une sainte trop vulgaire, avaient jugé à propos de l'appeler par celui-là ; c'est une chose assez indifférente, sans doute, et je n'en dirais mot, si je n'avais de fortes raisons pour croire que mademoiselle *Zémire* s'appelait *Javotte.*

Zémire avait été très bien élevée ; ses parents étaient riches, mais gens de fortune, et elle était fille unique. Si elle avait été une laideron, son père aurait pu songer à lui faire épouser son neveu, jeune provincial, fort beau garçon ; mais mademoiselle H… étant riche et jolie, il se présenta tant de partis relevés, dès qu'elle eut quatorze ans, que ses parents firent choix d'un jeune C…, dont l'alliance leur parut propre à leur donner un certain relief dans le monde, et à ennoblir leurs richesses.

Dès que ce plan fut arrêté, M. H…, de concert avec son épouse, qui était une bonne pâte de femme, fit venir son neveu chez lui, dans le dessein de le pousser dans le monde sous la protection de leur gendre futur. La jeune H…, que nous appellerons *Philippe,* de son nom de baptême, eut à peine respiré l'air de la capitale, qu'il devint charmant, et Zémire, sa cousine, ne fut pas la dernière à s'en apercevoir. Madame H…, de son côté, en le voyant si bien fait, regrettait fort que son mari eût des vues ambitieuses ; et comme elle l'aimait beaucoup, elle aurait désiré qu'il eût relevé son nom en faisant épouser Zémire à Philippe. Cependant elle ne voulait pas cela en femme ; ce n'était qu'une volonté de raison, de bon sens, de bienveillance pour Philippe et d'affection pour son mari, dont, au reste, elle respectait les lumières supérieures. (D'où venait donc cette femme-là !)

De son côté, Philippe ne put voir mademoiselle H... sans éprouver un sentiment plus tendre et plus vif que celui de cousin. Ce sentiment le rendit attentif, empressé, complaisant ; il voulut être aimable, il voulut plaire et il plut. Il faut convenir aussi qu'il était difficile de se défendre des charmes de Zémire. C'était une de ces brunes, dont l'embonpoint appétissant et l'éblouissante blancheur semblent faits pour parler au sens. Elle avait un bel œil noir, un sourcil dont l'ébène rehaussait encore la blancheur de son teint, un visage arrondi, et des couleurs demi-rosées dont le doux éclat réjouissait, en même temps qu'il annonçait une âme sensible. Sa main et sa gorge étaient proportionnées à son genre de beauté ; elle avait la jambe fine et un pied plus mignon que sa taille assez grande ne paraissait le promettre. Voilà, je crois, tout ce qu'il faut dans la figure, pour faire naître une passion violente, surtout si l'on y joint ce goût exquis dans la mise, qui distingue une jolie Parisienne de toutes les femmes de l'Univers. Eh bien, ajoutez encore cela quelque chose de plus séduisant... l'amour, et convenez qu'un garçon comme Philippe ne pouvait guère résister.

Le C..., amant de Zémire, était un de ces flegmatiques, dans lesquels les glaces d'hiver semblent se réfugier au printemps ; de ces hommes que rien n'émeut, et qui cependant s'occupent des plus petites choses ; dont tous les pas, toutes les paroles sont compassés, et pour qui le moindre manque à la plus plate étiquette est un crime. Ces gens-la ne peuvent plaire à personne, pas même aux bégueules qui leur ressemblent Aussi ne sut-il jamais plaire à Zémire. Elle aima son cousin dès qu'elle le connut, et elle en fut adorée.

Les deux amants ne tardèrent pas à s'entendre. D'abord Philippe brûla discrètement. Il connaissait les vues de son oncle, et il ne doutait pas que Zémire ne pensât comme son père. Cependant il ne pouvait s'empêcher de montrer de l'empressement pour sa cousine ; et on y répondait longtemps avant qu'il s'en aperçût ; car Philippe était modeste, presque autant que le C… était avantageux ; mais ces gens modestes, dès qu'ils s'aperçoivent qu'ils plaisent, sont bien plus ardents que d'autres ; sans doute parce qu'ils sont reconnaissants. Dès que Philippe sentit qu'il intéressait, il rechercha Zémire ; les occasions naissaient en foule ; ils ne se quittaient presque pas, sans néanmoins paraître trop ensemble. La mère de Zémire regardait avec complaisance cette innocente tendresse, et en faisait honneur au bon naturel de sa fille et de son beau neveu.

Après que les deux amants se furent parfaitement entendus, sans se parler, ils ajoutèrent ce dernier degré d'évidence à leurs sentiments mutuels. Un beau soir d'été, ils étaient ensemble, et seuls, appuyés sur un balcon, leurs bras se touchaient et ils conversaient avec cette douce familiarité ordinaire entre les amis, et que les amants envisagent comme le comble de la félicité, sans presque jamais y parvenir. Cette situation délicieuse opéra sur Zémire : elle songea au C… apparemment, car une larme s'échappa de ses beaux yeux.

— Vous pleurez, ma cousine !

— Non ; c'est une larme involontaire.

— Ah ! Tant mieux ! Car… si vous avez des peines (*à demi-voix*), je les sentirais aussi vivement que vous-même.

— Hélas ! Oui, j'en ai, mon cher Philippe ! Ce C… me désole.

— Et moi !

— Vous avez des peines aussi !… Non, vous êtes heureux, et vous n'en avez pas ?

— Je vous assure, ma cousine, que j'en ai !

— Et de quelle nature donc ?

— Du genre… (*encore à demi-voix*) des vôtres.

— Du genre des miennes ! Craignez-vous une odieuse contrainte exercée… par un père que j'aime et que je tremble d'affliger ?… car pour maman…

— Ah ! Zémire ; la contrainte envers vous serait encore plus cruelle pour moi que pour vous-même.

— Vous n'y songez pas !

— Si, si, j'y songe.

— Comment donc cela ?

— Je n'ose vous le dire.

— Ah ! Dites-le moi, mon cher Philippe !

— Vous vous en offenseriez.

— Moi !… rien de votre part, mon cousin, ne peut m'offenser, j'espère.

— Me promettez-vous de ne pas vous offenser de ce que je dirai, et de me parler tout comme auparavant ?

— Mon Dieu, oui, je vous le promets ; je ne me fais pas presser, comme vous voyez ; mais c'est que je le pense bien réellement.

— J'ose… vous aimer.

— Ce sentiment est flatteur pour moi, mon cousin. Était-ce là ce grand mystère ?

— Il est dit et ne l'est pas.

— Pourquoi donc ces énigmes avec moi ?

— Vous ne m'avez pas entendu.

— (*Après quelques moments de silence, et à demi-voix*). Si, mon cousin, et voyez si je suis fâchée !

— Ah ! Zémire !

— Mais, mon cher H…, en serez-vous plus heureux ?

— Oui, oui, oui ! être aimé de vous, Zémire, ah ! Vous ne sauriez avoir l'idée d'un si grand bonheur !

— Vous comptez donc que je vous aime ?

— (*interdit*). Je suis un téméraire… Ah ! Dieu !… Mais voyez ma rougeur…

— Va, mon ami, tu ne t'es pas trompé ; tu m'es cher comme parent… tu me le serais davantage encore, si je ne craignais de déplaire à mon père ; car pour maman, je te l'ai déjà fait entendre, elle t'aimerait à tous les titres que je pourrais te donner.

Pendant cette réponse, Philippe avait entraîné sa cousine, dont il avait pris la main, derrière un trumeau, et il était tombé à ses genoux. Il y était encore, couvrant de baisers cette belle main, lorsque M. H… entra. Les deux amants demeurèrent immobiles. Le père lui-même, malgré sa fureur, cherchait des expressions, et n'en trouvait pas. Mais enfin l'orage creva, et les épithètes les plus fortes sortirent avec impétuosité de la bouche de ce père irrité, qui se croyait outragé par sa fille, par son neveu, en un mot par ses enfants. Le volcan termina son éruption par une défense absolue à Zémire de se trouver jamais seule avec Philippe, que M. H… en se calmant, voulut bien faire semblant de croire le seul coupable. Il ordonna en même temps à sa fille de se préparer à devenir la femme du C…

Ce ne furent point de vaines paroles que celles de M. H… ; Philippe fut relégué dans un endroit de l'hôtel où la communication avec sa cousine devenait impossible ; il ne mangea plus à la table de son oncle, et toute familiarité cessa absolument. À ce traitement, déjà si rigoureux, se joignit la perspective de peines plus cruelles encore, une expulsion totale, et le mariage de sa cousine avec le C…

— Bon ! Bon ! disait l'Amour, en planant sur cette maison ; me voilà sûr de deux cœurs ; laissons reposer mes flèches dans mon carquois ; la contrainte m'en tiendra lieu.

— En effet, séparée de Philippe, Zémire, qui ne l'aimait qu'avec tendresse, l'aima éperdument. Philippe, qui ne faisait qu'adorer Zémire, lorsqu'il la voyait à chaque instant, devint ivre d'amour quand il ne la vit plus ; il lui passa dans l'esprit cent projets funestes, dont celui de mettre le feu à l'hôtel, et de ruiner son oncle, pour en obtenir ensuite Zémire pauvre,

n'était ni le plus fou, ni le plus coupable. Il n'en exécuta aucun :
l'Amour et la Contrainte travaillaient pour lui.

Zémire au désespoir reçut le C… la première fois qu'il
vint lui faire sa cour, de manière à lui ôter l'envie de l'obtenir
pour femme. Sa mère lui en fit des reproches : mais Zémire
s'expliqua sans détour avec une mère indulgente, et mit tant de
douleur et de larmes dans ses plaintes, que cette bonne mère
crut devoir la consoler. L'amour rend fine et rusée la beauté la
plus naïve : Zémire rassurée par madame H… parut contente.
Mais tous les jours, c'étaient de nouvelles demandes, que les
larmes faisaient toujours accorder : Philippe écrivit : on permit
de lui répondre. Après, il fut désiré de se voir : ce point fut
difficile à obtenir ; mais la maman se laissa encore gagner.
Ensuite, on en vint jusqu'à se parler, toujours sous les yeux
de madame H***. Enfin, on se vit sans témoin, et la maman
ferma les yeux.

Tout cela se passait, pendant que M. H… tonnait contre
sa fille, qui avait éconduit le C… et qui refusait, le plus
respectueusement possible, toute visite de sa part. Enfin la
persécution du père, la facilité de la maman, amenèrent un
jour entre les deux amants la conversation suivante :

— Que je suis malheureuse, mon cousin !

— Il vous aime ; vous êtes sa fille unique.

— Eh bien ?

— Si vous vouliez. Ce que je vais dire n'est peut-être pas
d'un amant délicat : mais enfin, quand tout autre moyen
manque, et que la vie en dépend ?…

— Mais vous n'achevez pas !

— Si vous vouliez... nous serions certainement l'un à l'autre.

— Ah ! Parlez, mon cousin !

— Il y a un moyen d'y déterminer mon oncle.

— Quel est-il ?

— Je n'ose vous le dire !

— Est-ce donc une mauvaise action ?

— Non, dans un sens.

— Mais qu'est-ce ?

— Je ne vous le dirai jamais.

— Mon cousin (reprit alors Zémire avec douceur), que je juge au moins si je puis employer ce moyen-là !

— Exigez-vous que je le dise ?

— Je vous en prie !

— Ah ! Zémire ! Commandez, ou je ne vous le dirai pas.

— Va tu te fais bien presser !

— (*à ses genoux*). Mettons un tiers, ma chère vie, dans nos intérêts.

— Quoi ! Tu te fais prier, pour me dire ce que je brûle d'envie de faire !... Oui, mon ami, parlons à maman ; touchons-la par notre tendresse, par nos larmes ; je suis sûre que nous la vaincrons.

— Non, Zémire ; elle craindrait trop de désobliger votre père.

— Je ne te comprends donc pas !

— Ce n'est pas votre maman, qu'il faut mettre d'intelligence avec nous.

— Eh ! Qui donc !

— Un autre vous-même, Zémire.

— Explique-toi mon ami ; le temps est précieux : vrai, je ne l'entends pas ?

— Un autre vous-même, Zémire… Quoi ! vous n'entendez pas ce langage ?… N'êtes vous pas ma tante… *une autre elle-même* ?

Zémire rougit, sans néanmoins entendre bien clairement encore.

— Comment !… en vérité… vous n'y pensez pas mon cousin !

— Il n'y a que ce moyen, chère Zémire : permettez à votre amant… de l'employer… un être innocent, qui nous devra le jour à tous deux, qui portera son nom…

Zémire prit un air très sérieux. Laissons cette manière, mon cousin : je n'entrerai jamais dans le mariage par cette porte-là.

— Il n'en est pas d'autre, au degré de parenté où nous sommes, pour obtenir les dispenses de l'Église.

— Écoutez, mois cousin ; la vertu est, je crois, essentielle aux femmes : je suis entre deux précipices : je tacherai de les éviter tous deux, et de ne point perdre mon innocence, ni vous. Je sens bien qu'il faut ici un petit sacrifice, je le ferai. Nul autre objet au monde que vous ne pourrait me déterminer à une fausseté ; mais pour vous, mon cousin… je ferai l'impossible. Ne nous déshonorons pas l'un et l'autre ; vous, en corrompant votre cousine pour l'épouser ; moi, on me rendant indigne de porter votre nom, qui est celui de mon père, afin de le porter… Je me charge de tout ; je feindrai ce que vous alliez me proposer... J'aurai bien plus de force pour soutenir la colère d'un père, enveloppée dans mon innocence, que je n'en aurais étant coupable, et je n'exposerai pas... la vie peut-être du...

— Adorable Zémire ! s'écria Philippe (voyant qu'elle n'achevait pas), que je sois à vous ; voilà tout ce que je demande ; les moyens me sont indifférents ; je préfère celui que vous approuvez.

Cet entretien met au fait du dessein de Zémire. Elle prit des boissons rafraîchissantes, qui sans incommoder sa santé, la maigrirent un peu et firent pâlir les roses de son teint déjà peu coloré. Ensuite elle employa petit à petit un moyen que je ne dirais pas clairement sans faire rire. Ce moyen gâtait insensiblement (en apparence) la partie la plus importante de la taille de Zémire...

Quelques mois après, un jour, en sortant de table, M. H... jeta les yeux sur sa fille et les y tint fixés. Zémire s'attendait depuis quelque temps à cette marque d'attention de se part, cependant elle rougit jusqu'au blanc des yeux, en se voyant ainsi regardée ; et lorsque son père, d'une voix altérée par la fureur (car le bonhomme était sujet à cette maladie), appela madame H..., elle faillit de s'évanouir.

— Pourriez-vous me dire madame, ce qu'a votre fille ?

— Mais... rien, mon ami... Qu'as-tu, Zémire ?... mon Dieu, mon enfant, comme tu te tiens mal !

— Je crois, madame, qu'elle a encore plus mal agi qu'elle ne se tient ! Mais, corbleu ! Si mes conjectures se vérifiaient, malheur sur la s... (*ce mot ne s'écrit pas*) qui m'aurait déshonoré ?

— Mordieu ! Mon ami, quel langage !…

À ces mots, Zémire, dans une situation qu'il est possible de s'imaginer, tomba aux genoux de sa mère, et couvrit ses mains de larmes aussi réelles que sa faute l'était peu ; son père voulut lui donner un soufflet, en disant :

— Vous voyez, madame, les effets de votre douceur ! La crainte qu'eut Zémire de recevoir un traitement qu'elle n'avait jamais éprouvé, d'une main qui l'avait toujours caressée, la fit évanouir bien réellement, et força son père à la secourir lui-même. Lorsqu'elle fut revenue à elle, on la porta sur son lit ; mais le grondeur, quoique terriblement irrité, n'osa plus tonner que de loin.

M. H… fulmina durant quelques jours, chassa son neveu, le rappela moins d'une heure après, et lui dit :

— Tu as fait la faute, tu la boiras. Ah ! Mon gaillard ! Vous me faites de ces tours, à moi, qui vous regardais comme mon fils, et vous me déshonorer ?… Corbleu ! Je saurai vous mettre à la raison ?… Allons, je vais obtenir de bonnes dispenses et vous serez mariés dès qu'elles seront arrivées.

— C'est ce que je demande, mon cher oncle.

— Je vous trouve bien insolent, de me répondre que c'est ce que vous demandez ! Morbleu ! Ce n'est pas ce que je demandais, moi !… Mais elle vous aura et vous l'aurez ! Ah ! Je vous ferai voir que ce n'est pas à moi qu'il faut se jouer ! (Cet oncle n'a pas grand bon sens ! dira-t-on. Honorable lecteur, voilà pourtant comme il faut être pour s'enrichir.)

Les préparatifs allèrent aussi promptement qu'il fut possible. Enfin le mariage arriva.

Zémire quitta le matin tout ce qui déformait sa jolie taille ; elle prit un corset souple, se fit lacer serré, on l'aurait pressée entre dix doigts. Sa mère vint auprès d'elle :

— Mon Dieu ! Mon enfant, prends donc garde ! D'où vient te serrer comma ça !

— Ne craignez rien, chère maman, je suis dans mon état naturel.

— La maman céda, suivant son usage. On fut à l'autel ; on revint.

— Ma fille, dit encore madame H..., j'ai souffert que vous fussiez à l'église comme vous êtes, à cause du monde ; on doit toujours éviter le scandale ; mais à présent que vous voilà de retour, il faut songer à ce que vous portez.

— Ma chère maman, répondit alors Zémire, en l'embrassant, pardonnez-moi une petite tromperie que j'ai faite pour être à mon cousin, et donner à mon père un plaisir auquel il parait déjà plus sensible qu'à tout autre, celui de me voir porter son nom. J'en suis encore digne, maman, et de ceux qui m'ont donné le jour : quelque tendresse que j'aie eue pour mon cousin, depuis qu'il est à la maison, j'aurais mieux aimé être malheureuse que de manquer à ce qu'une fille bien née doit à ses parents et à elle-même. J'ai feint ce que vous avez cru réel.

Tandis que Zémire faisait cette confidence, M. H..., qui s'était aperçu d'un entretien secret entre la mère et la fille, avait dit à son neveu :

« Voyons un peu s'il ne se trame pas là quelque conjuration contre toi ! Écoutons. »

À l'instant où madame H… embrassait sa fille, en lui disant :

— Ah ! Ma chère enfant ! Tu as doublement bien fait ; mais cachons encore ceci à ton père ! M. H… entra bruyamment tenant son gendre par la main :

— Parbleu ! Je m'en serais douté ! Est-ce qu'une fille à moi pouvait faire une sottise ? Mais pourquoi me cacher une chose qui me transporte de plaisir ?… Viens, ma fille, que je te montre, et qu'on sache que tu tiens de moi pour la vertu et la finesse. Quant à vous, monsieur, le bon apôtre, que je croyais plus rusé que vous n'êtes, songez que je n'y veux rien perdre et que dans l'an il me faut un garçon…

M. H… exécuta ce qu'il venait de dire : il conduisit la nouvelle épouse dans une salle où était rassemblé tout le monde de la noce, et là, sans beaucoup s'embarrasser de sa rougeur, il divulgua le secret qu'il venait de surprendre ; ensuite pressant la taille de sa fille entre dix doigts, il répétait :

— Voyez, voyez, mesdames ?… Cette découverte fit beaucoup d'honneur à Zémire ; mais il y eut des gens qui en rabattirent d'un cran pour son mari.

***

J'ai ouï dire que ce fait était arrivé plusieurs fois d'une manière un peu différente dans les conditions communes. Je l'ai vu moi-même dans une ville de province. (*Dulis*).

Table des matières

www.grandsclassiques.com

ISBN ebook : 9782512008606

ISBN papier : 9782512009801

Dépôt légal : D/2018/12603/163

Couverture : © Hélène Massart

Conception numérique : Primento, le partenaire numérique des éditeurs

9 782512 009801